가끔 요리도 합니다

가끔 요리도 합니다

그림 그리는 보노의
나를 위한 요리

야나 지음

딜레르

Contents

1

Soul Food Drawing

해야 할 일과
하지 않으면 안 되는 일

고래 주먹밥

보통의 하루가 시작돼.

해를 받고 기지개를 켜고 가슴 뛸 만한 특별한 일은 없지만

그렇다고 긴장할 만큼 무거운 일도 없는 그런 하루를 시작해.

당연히 해야 하지만

당연하게 하지 않는 일들을 하고.

게으름으로 쌓아 뒀던 보통의 일들도

모두 해치우는 거야.

당연한 듯.

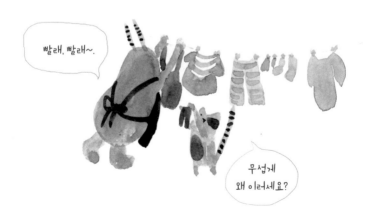

빨래, 빨래~.

무섭게
왜 이러세요?

하나하나는 참 소소하고 별 볼일 없는 보통의 일인데,

이렇게 한 번에 몰아 하면 큰일을 한 것처럼 개운하고 뿌듯하지.

작은 일도 모이면 큰일이 되는 거야.

두둥!

일상의 일들을 모으면 정말 대단한 일이 되지.
이렇게 모아진 대단한 일과 흐르는 시간을 맞바꾸어서
나는 오늘도 보통의 하루를 보낸 거야.

나는 오늘 하루 아무것도 만들지 못했어.
아무것도 만들지 못한 날에는 요리를 하지.

Let's cook
고래 주먹밥

Ingredients

밥 세 주걱

쯔유

구운 김

소금 후추

대하 세 마리

버터

참기름

볶은 깨

무순

① 꼬리 끝만 남기고 손질한
대하를 프라이팬에 올리고
중간 불에 버터를
한 조각 두른 다음
골고루 구워서 소금과
후추를 솔솔 뿌리면 돼.

② 큰 그릇에
밥 세 주걱을 넣고

③ 참기름과 볶은 깨를
듬뿍 넣고

④ 쯔유를 두 숟가락 넣은 후
(쯔유 대신 소금을 써도 돼)

⑤ 손으로 조물조물
잘 섞으면
밥 준비 완료!

ⓑ 자! 이제부터가 중요해!
밥을 한 줌 쥐어 대하를 속에 넣고 주물주물~

ⓒ 짜잔~ 하얀 고래 완성!

어으~
눈 빠지겠다.

⑧ 주먹밥에 김을 잘라 붙여 줘. 붙이고 잠시 기다려야
밥에 달라붙으니 기다려, 기다려.
눅눅하게 달라붙으면 쌀이 안 보이도록 전부 김을 덮어 줘.

⑨ 짜잔~ 까만 고래 완성!

아! 와인을 잊었다.
내 소중한
와인저장소에 잠시
다녀올게~.

해야 할 일과 하지 않으면 안 되는 일은 아주 달라.

해야 할 일을 하지 않으면 잠시 괴롭지만,

하지 않으면 안 되는 일을 하지 않으면 아주 오래 괴롭거든.

내게 일상의 일들은 그냥 해야 하는 일이고

그림은 하지 않으면 안 되는 일이지.

그런데 하지 않으면 안 되는 일은 말이지,
하고 싶지 않을 때는 못 한다는 거야.
하고 싶지 않을 때 하게 되면
그건 그냥 해야 할 일이 되는 거니까.

무언가를 만든다는 것이 그렇게
대단한 일이냐고 묻는다면,
응. 나에게는 그래.
작은 스케치 하나에 일상의 모든
일을 다 바쳐도 될 만큼 그래.

만든다는 건 그런 걸 거야.

세상에 없던 것을 있게 만들거나
이미 있었던 것을
다르게 존재하게 하거나.

그게 나에게는 그림이고 요리인 거지.
둘 다 나를 살게 하니까.

2

Soul Food Drawing

_____

특별함에 대한 강박

애호박부침개와
연어오이롤

어릴 적, 나는 비가 오면 학교에 가지 않았어.
특별히 몸이 안 좋았던 건지
아니면 아무 이유 없는 게으름이었는지 잘 모르겠지만,
지금까지도 비가 오면 밖에 잘 나가지 않아.

하지만 비가 오는 소리를 듣는 것은 너무나 좋아하지.
천둥이 칠 때면 온 세상이 극장이 된 듯
속도 후련해지거든.

학교에 안 가면 등짝스매싱을 날리며 펄펄 뛰던 엄마도
어느 날부터는 비가 오면 "부침개나 해 먹자"며 애호박을
따 오셨지. 개근상이 사람 목숨 걸 일도 아니고
어차피 공부로 성공할 것도 아니었으니 말이야.
부모님의 적절한 방치와 관용으로
나는 이때부터 자유로운 사람이 될 준비가 되어 있었지.

비만 오면
미친다는 그
유명한….

어쩌다 비 오는 날 외출을 할 때면 나는 최대한 발이
젖지 않도록 아주 조심스럽게 걷곤 했어. 아마도 양말이
젖는 기분이 싫었던 것 같아. 그렇지만 조금씩 신발이 젖고
양말까지 스며들면 그땐 그냥 양말을 벗어 들고 일부러
물구덩이를 밟으며 첨벙거리면서 뛰어 다녔지.
이미 젖은 몸! 확 그냥 하는 마음으로 말이야.

아마도 이걸 깨달았던 것 같아.

한번 발을 담그면 확실하게 푹 담가야 한다는걸.

어중간하게 적셔서는 기분만 찝찝하다는걸 말이지.

이 이야기를 선생님께 했더니, 그분이 그러시더라고.

"넌 참 특이한 아이구나."라고.

살면서 가장 많이 들은 말이 아닐까 싶어.

넌 참 남과 다르구나.

항상 나는 특별하다고 생각했어. 특이함이든 독특함이든
기이함이든 나는 남들과는 다르다는 걸 매우 뿌듯하게
생각하며 살았지.
세상은 언제나 나를 중심으로 돌았고 나를 축으로 돌지
않는 세상은 알지 못하고 알고 싶지도 않았으니까.
살아온 매 순간이 주인공이었고 조연이라 여기지 않았지.
그림을 그리기 전까지는 말이야.

그래 봐야 다 거기서 거기, 고만고만한 것을
뭘 그렇게 남과는 다르고 특별하다 것에 집착을 했는지
모르겠어. 둥굴둥굴 모나지 않고 평범한 맛도 중요하다는
걸 알게 된 걸까?
그래서 나는 아주 평범한 요리도 해.

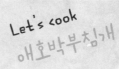

Let's cook
애호박부침개

오늘은 새우가 조연인
애호박부침개를 만들어
먹을 거야. 아주
평범하게 말이야.

에효. 오늘도
작업은 글렀네.

Ingredients

애호박 반 개

대하 세 마리

청양고추 두 개

계란 한 개

부침가루

쯔유

포도씨유

찹쌀가루

① 종이컵으로 부침가루 두 컵,
   찹쌀가루 한 컵을 그릇에 넣어.
   (찹쌀가루가 없으면 안 넣어도 되지만
   넣으면 좀 더 쫀득쫀득해지지.
   바삭바삭한 걸 좋아하는 사람은
   찹쌀가루 대신 녹말가루를
   조금 섞어 주면 돼.)

② 쯔유 두 숟갈 정도 넣어 주고.
   (소금으로 간을 해도 되지만 난 주로
   모든 간을 쯔유로 하는 편이야.
   짜지 않고 깊은 맛이 우러나거든.
   단맛이 있어 설탕을 따로 쓰지 않아도
   되니까 편해.)

③ 계란 한 개를 깨서 넣고 찬물을
   한 컵 정도 부어 준 다음 숟가락으로
   섞어. 너무 뻑뻑하면 물을 조금씩
   더 넣어 가면서.

④ 반죽이 뚜~욱 뚜우우우 뚝!
   요 정도 느낌으로 떨어지면
   반죽 완료!

① 다듬은 새우를 썰어 줘. 월척을
낚는 기분을 느끼며 새우의 맛에
집중하고 싶으면 크게 크게~

② 골고루 한 입 한 입 새우향을
느끼고 싶으면 잘게 잘게~

③ 호박은 약 0.5cm 두께로 썰어 주고

④ 같은 두께로 채를 썰어 줘.

⑤ 청양고추는 칼끝으로 4등분해서

⑥ 송송송~ 다져 줘. 고추씨 튀니까
조심하고~.

① 중간 불에 기름을
   한 바퀴 두르고 달군 뒤

② 치익~~ 소리가 날 만큼
   달구어졌을 때 반죽을
   넣어 줘.

준비한 재료를 모두
반죽에 넣고 잘 휘저어
섞어서 부치면 끝!

③ 밀가루가 투명해질 때쯤
   한 번 뒤집고

④ 노릇노릇해질 때까지
   익히면 끝.

Ingredients

생연어 100g

백오이 두 개

양파 반 개

무순 한 줌

날치알 50g

마요네즈

홀머스타드

홀스레디쉬

스위트피클 한 개

펜넬 한 티스푼

① 생연어는 가로 세로 1cm 정도로 썰어 주고

② 양파는 잘게 다지고

③ 피클도 잘게 다지고

④ 펜넬은 곱게 빻아 줘.

⑤ 재료를 모두 그릇에 넣고 마요네즈 한 스푼
홀머스타드 한 스푼, 홀스레디쉬 한 스푼을
넣어서 버무리면 재료 준비 완료.
펜넬은 바질이나 파슬리보다 향이 강해서
연어나 참치같은 비린내 있는 재료에
쓰면 아주 잘 어울려.

⑥ 감자칼로 오이를 얇고 길게 썰어 줘.
중간에 끊어지지 않게 조심조심.

⑦ 얇게 썬 오이를 돌돌 말아 줘.
원통형이 되도록.

⑧ 먼저 무순을 몇 가닥 넣고

⑨ 버무린 연어를 오이롤 안에
담아 줘.

⑩ 마지막으로 날치알을 반 스푼 정도
위에 얹으면 끝!

그림을 그리기 시작하면서 옷을 홀랑 벗고

알몸으로 세상에 내던져지는 기분을 처음으로 알았어.

여태껏 느껴 왔던 나의 특별함은 타고난 것에 얹어진 거였지.

꽤나 운 좋게 살아왔음을 실감했던 거야.

그래, 그림은 내가 주인공이 되는 게 아니라

그냥 내가 되어야 하는 거더라고.

그래~ 그래~
오늘 하루도 힘내서
열심히 작업해야지.

음~ 좀처럼 영감이
떠오르지 않네.

그림이라는 게 하고 싶다고 할 수 있는 게 아니고
한다고 항상 마음에 드는 것도 아니라서 말이지.
그림이 특별해지려면 항상 내가 특별해야 하거든.
"나는 특별해야 해. 나는 무언가 달라야 해." 하면서 기를
쓰고 살아왔건만 정작 그림을 그릴 땐 그렇지가 않거든.
아직 내가 우주와 하나가 되지 않아서인가?

이왕 이렇게 된 거
일단 좀 먹을까?

원래 그럴
거였으면서…

적어도 아직까지는 나와 그림의 관계가
서로 솔직한 사이라는 점이 아주 마음에 들어.
매번 조금씩 내가 나아지는 기분이 들거든.
그게 그냥 특별한 일이더라.

두 발 풍덩 담그지 못해도,

물웅덩이를 피하거나

살짝 첨벙거리는 것도

나쁘지 않더라.

Soul Food Drawing

흘러가듯 살아 볼까?

참치보트 샌드위치

엎어지면 한강이 코 닿을 곳으로 이사를 오고 난 후
나는 만나는 사람마다 "날 좋을 때 소풍 한번 가요." 라고
버릇처럼 인사를 했지.
"아니. 난 소풍 가는 걸 싫어해요." 라고 말하는 사람은
한 사람도 없었어.

얼어 죽을 정도로 추울 때는 봄이 오길 기다렸지만,
따뜻한 봄이 왔어도 그 마음을 고이 접게 되더라.
정작 누구도 소풍을 갈 만한 여유 따윈 없어 보였거든.
소풍은 참 비현실적인 거더라.

원래 남들
다 놀 때 같이 놀아야
더 당당하게 놀 수 있어.

매일
당당하던데?

소풍이라는 건, 우리가 생각하던 여유보다
열 배쯤의 여유가 더 있어야만 가능한 것인지도 모르겠어.
진짜 여유는 누구에게 보여 주기 위한 게 아니라
자연스럽게 아무것도 하지 않아도 될 때 생기는 거라는 걸
깨닫게 되었어.
여유롭게 보이기 위해 소풍을 가려고 기를 쓰는 것도
여유가 없다는 반증이니까.

혼자 카페를 가거나 영화를 보며 여유를 즐기는 사람은
봤지만 혼자 소풍 간다는 사람은 못 봤거든.

그래. 소풍은 그냥 여유를 즐기는 게 아니라
누군가와 함께 하자는 거였던 거야.

Let's cook
참치보트 샌드위치

Ingredients

캔 참치 한 개

식빵 네 조각

백오이 한 개

양파 반 개

파프리카 두 개

맛살 네 개

마요네즈

홀머스타드

홀스레디쉬

소금   후추

블랙올리브 한 줌

스위트피클 한 개

펜넬 한 티스푼

① 오이는 반을 잘라 어슷하게
썰어 주고

② 양파 채로 썰고

③ 오이와 양파를 그릇에 넣고
소금 한 스푼을 넣고 섞어서
30분 정도 방치하고

④ 맛살을 잘게 썰고

⑤ 올리브와 피클을
잘게 다지고

⑥ 펜넬은
곱게 빻아 줘.

⑦ 캔 참치는 국물을 꼭꼭 짜서 큰 그릇에 넣어 줘.

 ⑧ 절여 둔 오이와 양파도 손으로 꼭 짜서 넣고
다진 올리브와 피클, 맛살을 모두 넣으면
준비 끝!

⑨ 마요네즈 두 스푼, 홀머스타드 두 스푼, 홀스레디쉬 두 스푼을 넣고
간이 싱거우면 소금으로 간을 맞춰 줘. 야채가 절여져서
이미 간이 되어 있으니 맛보며 간을 맞추는 게 중요해.
후추는 비린내를 잡아 주니 팍팍 넣어 주고.
모두 잘 버무리면 샌드위치 속재료 완성!

⑩ 파프리카는 반을 잘라 꼭지를 따고 씨를 깨끗하게 제거한 다음

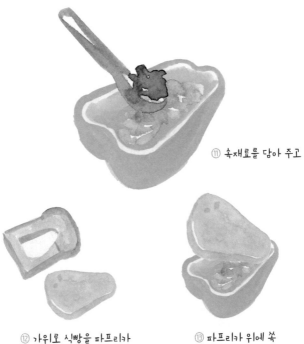

⑪ 속재료를 담아 주고

⑫ 가위로 식빵을 파프리카 모양으로 자른 다음

⑬ 파프리카 위에 쏙 넣어 주면 완성!

파프리카 샌드위치는 아삭거리는 식감에 빵이 적게 들어가니
다이어트에도 좋아. 하지만 파프리카 없이 그냥 빵 사이에 넣어도
맛있지. 크래커나 바게트빵에 올려서 간단한 핑거푸드로도 좋아.

자~ 이제
진짜 소풍을
가 보자고~.

오! 나의 로망!
흔들의자!

그런데 말이야, 여유라는 건
마음이 중요하더라. 얼마 전, 벼르고 벼르던 흔들의자를
하나 장만했어. 베란다에서 여유롭게 흔들거리는 로망을
달성하려고 딱 앉았는데, 왠걸? 그냥 딱딱하고 불편하기만
한 거야. 이왕 살 거 좀 비싸도 제대로 된 걸 살걸 하고
후회를 하며 그냥 방치해 두었지.

그러다 어느 날 밤 친구와 와인을 마시고 베란다에 나가
그 흔들의자에 앉았거든. 그런데 몸이 의자에 푹 안기면서
편안하고 자연스럽게 흔들거리더라. 그때 깨달았어.
아. 의자가 문제가 아니었구나. 몸에 힘을 주고 있었구나.
제대로 여유를 즐길 준비가 안 되어 있었던 거구나 하고.

소풍이 딱 그런 거였어.

여유를 느낄 준비가 되어 있어야 할 수 있는 소풍.

누군가와 같이 해야만 하는 소풍. 평범하고 일상적인 것처럼

보이지만 아주 특별하게 해야 하는 소풍.

일상처럼 소풍을 가고

소풍 가듯

일상을 살고 싶네.

4

Soul Food Drawing

_____

나를 일으켜 줘

티라미수프

새벽에 잠이 깨서 화장실에 가려고 일어서다
장롱에 코를 부딪혔어. 설마설마했는데 아침에 일어나
병원에 가 보니 코뼈에 금이 갔네.
그래, 가끔은 정말 설마가 사람 잡아.

아픈 코를 부여잡고 있으니 그 설마가 사람 제대로 잡은 일이 생각났어. 아니 사람을 살린 건지도 모르겠다.

몇 년 전, 말 그대로 밑바닥에 철푸덕 처박혀 쓰러졌는데 불행인지 다행인지 죽지는 않고 그냥 턱뼈만 부러졌지.

턱뼈가 부러지면 철사로 이를 꽁꽁 싸매서 뼈가 굳을 때까지
기다리는 것밖에는 할 수가 없어. 통증도 통증이지만 가장
큰 고통은 음식을 씹지 못하는 거였지.
입에 음식을 넣고 씹고 수다를 떠는 이 당연한 것들.
사람은 박탈당해 봐야 깨닫는 것이 있더라. 당연한 것들에
대한 고마움을 비로소 알게 되는 거지.

티라미수프는 아무것도 씹지 못하던 그때, 생존을 위해
만들어 낸 최고의 만찬이었어. 온전히 나를 위해서만 만들어
낸 실험적인 요리였지만 그때는 세상에서 가장 맛있는
음식이었어.

역시 인간은 망각이라는 위대한 본능을 가지고 있어.
아무리 극적인 고통이 있었어도 모두 잊고 또 당연하게
살아가. 그렇게 살다가 아플 것 같으면 나를 단단하게
만들어 줄 요리를 하지.

Ingredients

브로콜리 반 통

감자 한 개

양파 한 개

애호박 반 개

당근 반 개

소금   후추

호두 한 줌

아몬드 한 줌

올리브오일

MILK

우유 200ml

에멘탈 치즈 200g

① 감자 채 썰고

② 당근 채 썰고

③ 양파 채 썰고

④ 애호박 채 썰고

⑤ 브로콜리 잘게 나누어서

⑥ 프라이팬에 올리브오일을
두르고 모두 달달 볶아 줘.
따로따로 볶지 않아도 괜찮아.

야채마다 익는 시간이 다르긴 하지만
살짝 볶아서 푹~ 끓일 거니까~
그냥 모두 모아서 슬슬 볶아 줘~

모두~~
우아하게
갈아 버려!!!!!

볶은 채소랑 호두, 아몬드를
넣고 물을 한 컵 정도 넣어서
믹서에 갈아.

냄비에 갈은 재료를 모두 넣고
물 두 컵과 우유 200㎖를 넣어 끓여.
보글보글 끓으면 소금과 후추로 간을 하고
에멘탈 치즈를 넣어서
걸쭉하게 끓이면 끝!

Let's cook
티라미수

핑거쿠키 여덟 개

마스카포네 치즈 200g

계란 두 개

설탕 두 스푼

에스프레소 세 샷

티라미수프는
"나를 일으켜 줘"라는
티라미수에서
따온 말이야.

브랜디 두 스푼

생크림 100ml

코코아 파우더

① 마스카포네 치즈, 생크림, 계란 노른자 2개와
   설탕을 넣고 거품기로 진득해질 때까지 휘저어 줘.

② 에스프레소와 브랜디를 섞어서
   핑거쿠키에 살짝 부어 준 뒤

③ 반죽한 치즈를 올리고 다시
   커피에 적신 핑거쿠키을 올리고
   다시 치즈를 얹어 줘.

④ 코코아 파우더를 솔솔솔
   눈이 내리듯 뿌려 준 다음
   냉장고에 세 시간!
   간단 티라미수 완성!

Tirare mi su

Pick me up

그 사고 이후, 삶이 극적으로 바뀌지는 않았어.
읽다가 지루해져 별 의미 없이 덮어 버린 책처럼 말이야.
갑자기 새로운 인생이 전개되어 흥미진진한 이야기로
돌변하진 않았지. 또다시 당연한 것들에 대한 고마움을
당연하게 잊고 살아.

지금까지 먹은 건
뭔데?

살면서 고통을 겪어야 할 필연적인 이유가 있다면

그건 아파 봐야만 알 수 있는 걸 배우기 위해서인 것 같아.

이미 아파 본 사람. 지금 아픈 사람.

그리고 이제 아플 사람들. 모두에게 스스로를 위해 줄

비장의 무기 하나쯤은 있었으면 좋겠어.

나의 수프처럼.

5

Soul Food Drawing

만두 같은 사람들
김치칼조네

얼마 전 양평에 있는 선배 집에 놀러 가면서 긴 시간 오가는
사람들을 구경했지. 모두 비슷비슷한 옷을 입고 김밥처럼
돌돌 말려 있는 모습이 참 평범하고 잔잔했어.
오랜만에 만난 선배는 나를 보며 지금 내 모습이

여태껏 본 모습 중에 가장 평범한 모습이라고 하더라.

늘 뾰족하게 날이 서서 사람들을 긴장하게 했던 모습이

사라지고 편안해졌다고 말이야.

그게 나이가 든다는 말인가 봐.

우리는 같이 장을 봐서 만두를 만들기로 했어.
점심에 사 먹은 만두가 너무 맛이 없다고 투덜거리다가
직접 만들자는 결론에 이르렀지. 주변 사람들에게 내 요리
중에 가장 맛있었던 걸 말하라면 거의 모두 만두라고 해.
그중에서도 엄마의 김치가 들어간 김치만두가 최고라고.

아~아~ 행복해~
시장에 오면 그냥 행복해.

으이그.
정신줄 놨네.

잘 익은 김치를 송송 썰어 속을 만들고 번개와 같은 속도로
밀가루 반죽을 만들어 만두피를 밀었지.
그렇게 모두 둘러앉아 쑥덕거리며 만두를 빚었어.
사람들이 둘러앉아 같이 웃으며 만들 수 있는 요리를
한다는 건 참 행복한 일이야.

집에서 만두를 만들 때 어릴 적부터 나는 항상 만두피
미는 담당이었어. 엄마는 유독 손이 빠른 사람이었는데
당연히 나는 엄마의 속도를 따라가지 못했지.
엄마는 항상 구박하며 방망이를 뺏어 들었지. 구박과 닦달
속에서 처절하게 익힌 내 필사의 기술이랄까.
얇지만 쫄깃한 만두피가 보노 만두의 핵심이야.

선배는 만들어 놓은 만두를 은근슬쩍 냉동실에 모두
넣었어. 아주 소중한 물건을 깊이 보관하듯이 말이야.
그렇게 우리의 풍족하고 평범했던 하루도 깊이 저장되었지.
가끔씩 생각날 때마다 천천히 아껴 먹으며 음미할 수
있도록. 오늘 그 기억을 꺼내며 만두를 만들어.

Ingredients

김치 1/4포기

불린 당면 300g

두부 한 모

모짜렐라 치즈 한 줌

말린 새우, 다시마
천연 다시

참기름

중력 밀가루 세 컵

올리브오일

물 200ml

설탕 한 스푼

볶은 깨

소금

후추

① 김치는 송송 다져서 손으로
   꽉 물기를 짜 주고

② 불린 당면도 송송 다져 줘.

③ 두부도 손으로 꼭 짜고

④ 큰 그릇에 재료를 담고
   참기름, 깨소금 듬뿍.
   설탕 한 스푼과
   천연 다시를 넣은 후
   손으로 조물조물
   버무려 주면
   만두의 속재료가 완성!

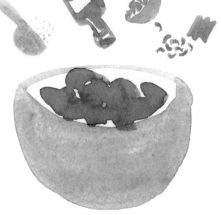

① 밀가루와 물을
   한 컵 정도 붓고

② 주물~주물~

음... 뭔가 이상한데?

③ 질척질척하니 밀가루를
   좀 더 넣어 볼까?

④ 다시 주물~주물~

⑤ 이번엔 물을 조금 더?
   이렇게 몇 번 반복하다 보면~

그래. 그래. 바로 이 감촉이야.
손에는 달라붙지 않으면서
보들보들한 기분. 으흣~
이게 바로 반죽의 비법이지.

쫀득쫀득한 반죽을 위해 소금, 식용유를 한 스푼 정도 넣어도 좋지만
잘 치대기만 해도 충분히 맛있는 반죽이 돼. 찹쌀가루, 옥수수 전분 등을
조금씩 섞어도 좋지만 귀찮으면 그냥 해도 무방하다네.

얼레? 언제
이렇게 많아졌지?
뭐, 남으면 내일
수제비 해 먹자.

① 반죽을 길게 늘여서
   적당한 크기로 잘라 줘.

② 방망이를 한 손으로 잡고 반죽을
   살살 돌리면서 밖에서 안으로 방망이를
   밀어 줘야 해. 밀가루를 한 번
   돌리고 방망이를 한 번 밀고!
   반복하다 보면 리듬을 느낄수 있지.
   이렇게 하면 가운데는 두껍고
   가장자리는 얇은 만두피가 돼.

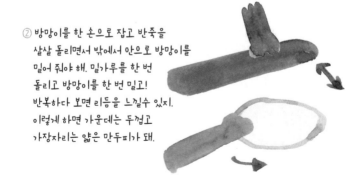

③ 얇게 민 만두피에 속을 넣고
그 위에 모짜렐라 치즈를
듬뿍 얹은 후

④ 올리브오일 스프레이로
골고루 기름을 뿌린 후
오븐에 200도로 앞, 뒤 10분씩
구워 주면 완성!

그날 우리는 같이 요리를 하고 산책을 하며 이런저런
이야기를 했어. 각자의 삶에 쌓인 많은 일들이 속 비치는
만두처럼 슬쩍 보였지만 그냥 말없이 웃었지. 그저 같이
걸으며 걱정들을 강가의 바람에 날려 보냈어.

선배는 말이야. 잘 빚어 쪄 놓아 속이 투명하게 비치는
만두 같은 사람이야. 자신의 삶에 대한 믿음과 긍지, 타인에
대한 공감, 배려, 질투 모두 항상 솔직하고 일관되지.
내가 살아온 시간 중 힘든 지점 곳곳에서 매번 선배는 나를
상냥하게 끌어올리곤 했어.

응응. 그래 그래.
만두나 칼조네나
거기서 거기지 머.

어느 날 불쑥

또 만두 해 먹자고 찾아가야지.

Soul Food Drawing

작은 새의 깜비아노 다이어리

바질 페스토 파스타

오래전 이태리 북부 아주 작은 마을 '깜비아노'라는 곳에서
살았던 적이 있어. '작은 새'라는 마을 이름처럼 사람들이
정말 작은 새처럼 사는 그런 곳이었지.

인생에서 가장 행복한 시기가 언제냐고 묻는다면
고3 때 입시공부를 하던 때였다고 생각해. 단순하고 강력한
목표를 향해 달려가는 자신을 뿌듯해했던 그 시간이
행복했지. 하지만 인생에서 가장 돌아가고 싶은 시기가
언제냐고 묻는다면 분명 그건 깜비아노에서 살 때야.

깜비아노는

죽어라 용쓰며 살지 않아도

행복할 수 있는 삶을 가르쳐 주었거든.

못 알아듣는 농담만 하며
항상 웃기려고 노력하던
정육점 쌍둥이 아저씨.

끝까지 무뚝뚝하게
아리베데르치~(feat. 거저~)
만 말하던 슈퍼 아줌마.

본주르노~
깜비아노

아침에 눈을 뜨면 자전거를 타고 숲길을 달려 가게가
모여 있는 다운타운에 들러. 다운타운이라고 해 봐야
가게 열 개 정도가 전부야. 손짓 발짓으로 서로 안부를
물으며 필요한 물건을 사들고 마지막 골목 모퉁이 카페에서
에스프레소 한 잔을 홀짝 마시는 거야.

회사에 도착하면 20년은 족히 지나
갈색으로 변한 모카 포트에 커피를 끓이고
비스코티를 입에 물며 일을 시작하지.

오전 일을 마치면 마트에 가서 점심을 사 와 둘러앉아 먹어.
주로 샐러드와 모짜렐라 한 덩어리. 빵과 치즈를 곁들인
소박한 식사가 끝나면 산책을 한 후 잔디밭에 누워 낮잠을
자곤 했어. 풀밭에 누워서 콘트라스트를 최대로 올린 듯한
푸른색 하늘에 구름들이 지나가는 것을 보지.
간혹 내 곁으로 양들이나 말이 지나가기도 하고.

저녁 일곱 시쯤 일이 끝나면 자전거를 타고 정육점과 슈퍼에
들러 요리 재료들을 사 가지고 집으로 돌아가.
요리를 하고 있으면 고양이들이 창가에 모여들어 방충망에
매달리며 서커스를 시작해. 그렇게 친구와 고양이와 개들과
음식을 나누어 먹으면 깊고 적막한 밤이 오는 거야.

주인집 할아버지는 건축가 겸 클레이 아티스트였는데
주말에는 할아버지와 함께 차를 타고 이탈리아 곳곳에 있는
할아버지 작품을 촬영하러 다녔어. 익숙하지 않은 영어로
이탈리아 곳곳의 역사를 설명해 주셨어.

"이곳은 체리가 유명한 마을이지."

"이곳은 포도가 유명하고 우리 집 와인은 여기서 만들지."

"이곳은 우리 5대째 할아버지가 사시던 곳이야." 등등

소소한 이야기를 들으며 할아버지의 역사를 기록하곤 했어.

자연스럽게 자라는 재료들이
소박한 음식이 되고
우리는 그걸 먹으며
아등바등하지 않고
하루하루를 살아가는 거야.
그냥 작은 새처럼.

다시 한국으로 돌아왔을 때 처음 느낀 건 너무 밝다는 것과
시간이 갑자기 빠르게 돌아간다는 거였어.
정신 놓고 독수리처럼 파닥거리며 살아가는 요즈음
가끔 생각나.
그래. 나는 원래 작은 새였다, 하고.

내가 원래 무엇이었는지
잊고 살아가다
퍼뜩 정신이 들었을 때,

당찬 젊음이 가득 담겼던
기억과 추억이 담긴 저장고를 열고
나는 요리를 해.

Let's cook
바질 페스토 파스타

Ingredients

바질 이파리 한 바구니

펜네 파스타
300g(2인분)

올리브 오일

그라나파다노 치즈
한 덩어리

잣 150g

소금

마늘 한 통

집에서 바질을
안 키우면
어떻게 해?

응! 인터넷으로
주문하면 돼!

① 바질 이파리를 듬뿍 따서 깨끗하게 씻은 후 잘 말려 줘.
한 바구니 따도 갈면 생각보다 양이 작아.

② 믹서에 꾹꾹 밀어 넣고
올리브오일을 같은 높이만큼
넉넉히 넣고 갈아 줘.
한번에 전부 넣고 하면
잘 안 갈리니까 조금씩
넣으면서 갈아 주면 돼.

③ 갈아 놓은 바질에 잣과 마늘, 소금을 한 스푼 넣고 한 번 더 갈아 주면 페스토가 완성돼.

호오~ 펜네는 구멍이 있어서 좋아~.

④ 끓는 물에 소금 한 스푼 넣고 펜네를 7분 정도 삶아. 살짝 딱딱하게 삶는 게 좋아. 소스와 함께 한 번 더 볶을 거니까.

⑤ 남은 바질 페스토는 소독한 병에 넣고
위에 올리브오일을 넣어 공기를 막아 주면
냉장고에 두고 오래 먹을 수 있지.

음! 파릇파릇~
마치 숲을 거니는
느낌이야~.

⑥ 프라이팬에 올리브오일을 두르고 달군 다음 마늘 두 쪽을 썰어서
살짝 태우듯 익혀 줘. 마늘이 익으면 만들어 놓은 바질 페스토를
한 국자 정도 넣고 끓여.

⑦ 삶아 놓은 파스타를 넣고 치즈를 듬뿍 갈아 넣은 다음
1분 정도 섞어 주면 파릇파릇한 바질 파스타 완성.

⑧ 바질 페스토는 바게트 빵에 발라서 구워 먹어도 좋아

어디 한번
추억을 음미해 볼까?

깜비아노 주인 할아버지 집에는 커다란 와인 창고가 있었어.
가문의 라벨이 붙은 와인이 잔뜩 저장되어 있었지.
지금도 땅을 치며 후회하는 일이지만,
그때는 와인이나 다른 술을 전혀 좋아하지 않았어.
매일 맛있는 와인이라며 건네도 됐다고 손을 저었던 그때의
나를 때려 주고 싶네.

와인도 없이 길고 긴 밤마다 할 수 있는 일이라곤
그림을 그리거나 글을 쓰는 것뿐인 시골의 시간들.
때로는 밤이 너무 길어 지겹기도 하지만 그 지겨움이
뭔가를 하게 했지. 몇 시간이고 그림을 그려
벽에 붙여 놓고 잠이 들었어.
아무런 사심도 목적도 없이 그려진 그림들이 나를 둘러싸고
나는 그 안에서 평온한 밤을 보냈지. 빛 하나 없고 벌레와
산짐승 소리밖에 없었지만 어둠에 눌리지 않았어.

생각해 보니, 지금의 내 일상은 속 시끄러운 마음과
허무하게 빈 시간들로 뒤범벅되어 있는 것 같아.
깜비아노의 삶이 항상 즐거웠던 이유는
그곳이 나의 현실이 아니었기 때문인지도 몰라.
언제라도 내가 원래 있던 곳으로 돌아가야 한다는
사실을 알고 있었거든.

차오! 깜비아노!
깜비아노의 작은 새들은
지금 무얼 하고 있을까?

7

Soul Food Drawing

단호하게 좋아한다
말할 수 있는 사람들
꽃게찜과 게살 볶음밥

내게 가장 좋아하는 음식을 말하라 한다면

그건 단연코 꽃게야. 그다음으로 완두콩과 마늘이지.

이 모든 게 한번에 나오는 계절이 봄이라

나는 봄이 오면 마냥 신이 나.

바다의 꽃게를 다 쓸어 담을 기세로 동부시장을 한바탕
돌며 꽃게와 완두콩, 마늘을 트렁크에 한가득 싣고
세상을 다 가진 듯 뿌듯한 마음으로 집으로 돌아오지.
찜통에 꽃게를 올리고 통통한 완두콩을 까는 거야.
게의 달큰한 비린내가 완두콩 껍질의 풋풋한 풀 냄새와
합쳐질 때 비로소 내게는 완벽한 봄이 오지.

나는 뭔가를 까는 걸 좋아해. 득도하는 기분이 들거든.
꽃게, 완두콩, 마늘, 해바라기씨, 밤, 콩, 조개, 자몽 등등
순식간에 홀라당 까는 재주가 있어.
완두콩을 까는 것처럼 단순한 일은 한번 시작하면 멈출
수가 없어. 눈앞에서 다 없어질 때까지 단숨에 해치워야
직성이 풀리는 데다가 까 놓은 알맹이 산을 보면
충만감과 성취감에 정말 기분 좋거든.

완두콩 껍질이 너무 작아서 "에이 잘못 샀네." 하고
실망했는데 이게 웬걸, 그 좁은 속에서 다닥다닥 어찌나
실하게 자랐는지 이거 키우신 분 기분 좋았겠다, 생각하니
나도 기분이 좋았어.

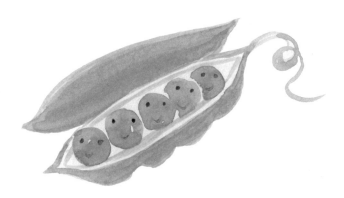

작은 세계 속에서도 단단하게 자란 완두콩들을 보니
나도 좀 분발해서 살아야겠다는 생각이 들더라.
속 빈 쭉정이가 되면 안 되잖아?

까다가 방구석 어디론가 튀어 버린 완두콩들을 찾다가
그냥 남겨 두었어. 집 안을 지나다니다 하나씩 발견하면
그때마다 흐뭇한 기분을 가질 수 있잖아.
찾다 찾다 안 되면 이사할 때 나오겠지.
그러면 "그때 그랬지." 하며 기억하려나?
그것도 좋겠다 싶어서 마구마구 튀어 나가는
완두콩들에게 잠시나마 자유를 주고 있어.
집 안 가득한 바다 비린내와 콩 냄새가
묘하게 어우러져 있는 하루야.

밥솥만 한 꽃게 두 마리가 딱 알맞게 쪄지고 누가 올지
모르니 문 걸어 잠그고 혼자 꽃게를 뜯으려 하는데
어쩜 딱!!! 친구가 창 밖에서 "보노!" 하고 부르네.
근처를 지나가다 생각나서 들렀다면서. 친구는 가끔 그렇게
나의 생존을 확인하려는 듯 불쑥 찾아오곤 해.

꽃게는 이렇게 사람들을 꽉 잡아서 연결하는 걸까?
사회에서는 많은 겹을 두르고 양념을 치고 살아가다가도
그저 담백하게 있는 그대로의 모습과 맛으로 만나는 것,
그게 친구인 거야.

내가 좋아하는 것을
같이 좋아한다고
손뼉 치며 호들갑 떨어 주는
친구를 만날 때.

나는 이럴 때 요리를 해.

Let's cook
꽃게찜과
게살 볶음밥

Ingredients

꽃게 두 마리

당근 반개

양파 반개

아보카도오일

쯔유

완두콩 한 컵

카레가루

참기름

밥 두 그릇

소금

후추

① 사실 꽃게찜은 다른 재료나 양념이 필요 없어. 살아 있는 꽃게를
구하는 게 가장 어려운 일이지. 물론 근처 마트나 시장에서 구해도
되지만 아무래도 바다에서 바로 잡힌 재료가 항상 싱싱하고 맛있지.

② 살아 있는 꽃게를 흐르는 물에
솔로 깨끗이 씻어 줘.
매우 버둥거리며 집게발로
공격하니까 장갑을
끼고 조심해서
닦아 줘.

③ 찜통에 물을 세 컵 정도 넣고 끓으면 게를
   배가 위쪽으로 보이게 올린 다음 뚜껑을 닫고 15분을 쪄 줘.
   15분 후 불을 끄고 약 5분 정도 기다리면 요리 완성.
   궁금하다고 절대 열어 보면 안 돼!

꽃게 손질법

① 먼저 배에 있는
딱지 부분을 떼어 내.

② 암꽃게는 둥글납작하게 생겼고,
수꽃게는 화살촉처럼 생겼어.

③ 배딱지를 떼어 낸
자리에 공간이 있으니
양쪽을 벌려 등딱지를
떼어 내.

④ 몸통에는 속껍질 같은 것이 있는데 이건 아가미야.
　가위로 바짝 잘라서 제거해 줘. 가끔 아가미에 알처럼 다닥다닥
　붙어 있는 것들이 있는데 이건 따개비 같은 부착생물로
　인체에 전혀 해롭지 않아.

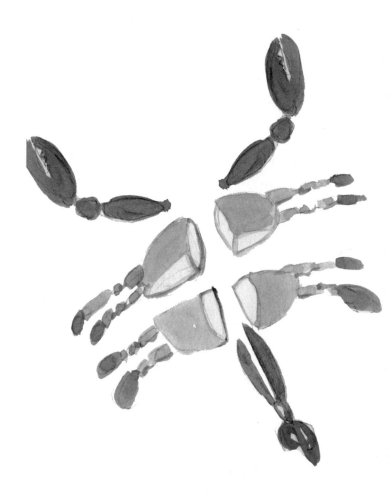

⑤ 큰 집게발을 잘라 주고 몸통을 반으로 자른 후
반쪽짜리 몸통을 다시 반으로 잘라 줘.

① 우선 냄비에 물을 끓여 소금을 반 티스푼 넣고
완두콩을 15분 정도 삶아 줘.

② 삶는 동안 남은 꽃게의 집게발 살을 젓가락으로 싹싹 발라내고
  내장을 싹싹 긁어 준비해 놓고 양파와 마늘과 당근을 다져 놓으면 돼.

③ 우묵한 프라이팬에 아보카도오일을 두르고
  다진 양파, 마늘, 당근을 넣어 익을 때까지 중간 불로 볶아 줘.

④ 야채가 거의 다 익으면 준비해 둔 게살을 넣고 삶아 놓은 완두콩을
넣어서 볶아. 게살을 넣을 때 꼭 참기름 두 스푼을 넣어야
비린내가 안 나.

⑤ 그다음 밥 두 그릇을 넣고 쯔유 두 스푼, 카레가루 두 스푼,
후추 반 스푼 넣어서 볶아.

작은 세계 속에서도 단단하게 자라는
꽃게나 완두콩 같은 사람 없나?
내 이상형이야.

Soul Food Drawing

시간이 만들어 주는 것들

비프브르기뇽

처음 와인 맛을 알기 시작한 건, 프랑스 앙굴렘에서 몇 달을
살게 되었을 때야. 와인이 어찌나 맛있고 다양한지 매일 큰
가방을 메고 설레는 마음으로 와인을 사러 다녔어. 그때나
지금이나 매일 마실 와인을 사러 다니는 건 하루의 중요한
일과가 되었지.

와인도 수돗물처럼 집집마다
파이프로 연결되면 얼마나 좋을까?

이번 달 와인 누진세
나왔다고. 아껴 마셔.

어느 날, 와인을 짊어지고 집에 돌아오는데
길바닥에 버려진 그릇들을 발견했어.

그중에서 내 눈에 들어온 건 사용한 지 족히 30년은
되어 보이는 커다란 법랑 솥이었어.
선명한 주황색에 예쁜 꽃무늬가 세월의 흔적을 입고
제자리를 잃어버린 것 같은 그 솥을 보는 순간,
나는 뭔가에 홀린 듯 그 무거운 곰솥을 머리에 이고
낑낑거리며 집에 돌아왔어.

그날부터 나는 푹푹 익혀야 제맛인 요리들을 해 먹었어.
브르기뇽이나 꼬꼬뱅 같은 것들 말이야. 이 곰솥은 정말
많은 시간을 뭉근하게 압축시키곤 했어. 잔잔하게 끓고
있는 곰솥의 노래를 들으며 나는 주방 식탁에 앉아 그림을
그리곤 했지. 희한하게 솥에 무언가를 끓이고 있으면 시간이
느리게 흐르거든.

솥이 부글부글 끓고 있는 소리는 마치 그네를 타고 있는
것처럼 나를 안정시켜 주었어. 그리고 언젠가는 그네에서
내려와야 한다는 것도 알려 주었지.
다 졸아서 타 버리기 전에 멈춰야 제대로 완성되잖아.
진득하게 참으면서 적절할 때 끝을 낼 수 있는
곰솥 타이머랄까?

요즘 내 삶은 왠지 양은 냄비에 라면만 주구장창 끓이고
있는 것 같아. 빨리 후다닥 끓이고 빨리 식혀야 하는 음식이
있듯 시간을 견뎌 내야만 하는 음식도 필요한데 말이야.
이럴 때는 곰솥의 노래를 들을 때가 된 거야. 시간이 아주
느리게 흐르도록 오랜 시간이 걸리는 요리를 하는 거야.

Ingredients

소고기 아롱사태 1Kg

베이컨 두 장

브루고뉴 와인 두 병

당근 두 개

양파 한 개

통후추

타임 또는 바질가루

올리브오일

양송이버섯 열 개

월계수 잎

버터

소금

마늘 한 통

① 먼저 프라이팬에 채를 썬 양파와 잘게 자른 베이컨을 살짝 볶아서
준비해 줘. 소고기에 왠 베이컨이냐고? 이게 있어야 깊은 맛이 나거든.
베이컨이 없을 경우 생략하고 조릴 때 야채스톡을 하나 넣어 주면 좋아.

② 주물 냄비에 버터를 넣고
작은 사과 크기 정도로
자른 소고기를 겉만
익도록 살짝 볶아 줘.

이 피같이 귀한 와인을…. 눈물이 앞을 가려. 차라리 안 볼란다.

③ 살짝 겉이 익으면 불을 세게 한 다음 와인 한 병을 붓고 같은 양의 물을 넣어 줘야 해.

④ 그다음 깐 마늘 20개와 월계수 잎 다섯 장, 통후추와 소금을 한 스푼 정도 넣어 줘. 끓어오르기 시작하면 약한 불로 줄여서 두 시간 정도 뭉근하게 끓이면서 느긋하게 기다려.

I'm watching you!

'느긋하게'라는 뜻은 아는 거야?

ⓢ 두 시간 정도 끓인 후 줄어든 와인과 물을
조금씩 더 보충해 주면서
한 시간 정도 더 은근한 불에 졸여 줘.
육수가 고기를 살짝 덮을 정도로
졸일 때까지가 좋아.

⑥ 보통 세 시간 정도 지나면 고기를 포크로 눌렀을 때 부드럽게
쑥 들어갈 정도가 되고 아롱사태의 힘줄이 쫀득하게 변하거든.
그때 당근을 2cm정도 두께로 썰어 냄비에 넣고 30분 정도 더 끓여 줘.

⑦ 마지막으로 양송이버섯을 세 조각으로 잘라 넣고 타임이나
　좋아하는 허브를 넣은 다음 뚜껑을 열고 30분 정도 더 졸이는 거야.

너무 오래 기다려서
현기증 나.

⑧ 자작하게 소스가 줄어들면 그때
소금을 더 넣어서 간을 맞추기만 하면
드디어 브르기뇽 완성이지.

완성이 되면 양파, 마늘, 베이컨은 형체가 사라져 진한 소스처럼 되고,
당근은 적당히 익어 식감이 살아 있고, 양송이버섯은 소스가 잘 배어
먹기 좋게 만들어지는 거야.

이렇게 오랜 시간 귀한 와인을 쏟아부어 완성하고 보면
고기가 3분의 1로 줄어드는 놀라운 마술을 보게 될 거야. 실망하지 마.
그만큼 맛있다는 증거니까. 그리고 양이 적어진 고기에 곁들일
쉽고 보기에도 좋은 방법이 있어.

⑨ 시중에서 파는 24인치 정도 크기의 밀또띠아를 대접에 넣고

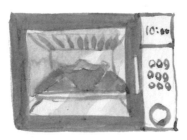

⑩ 오븐에 7분 정도 구우면 멋진 또띠아 그릇이 만들어져.

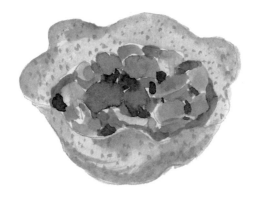

이 그릇에 브르기뇽을 담아 먹으면 보기도 좋고
빵 대신 탄수화물로 곁들여 배부르게 먹기가 딱 좋아.

해야 할 일이 많을수록 마음만 급해지고 속만 시끄러워지곤
하잖아. 무슨 일이든 결국은 노력한 만큼 드러난다는 걸
알면서도 항상 요행을 바라지. 오랜 시간이 필요한 요리.
배고픔을 참고 기다리고 또 기다리면 더 맛있어지는
그런 요리를 만들 수 있다면 좋겠어.

밑바닥이 닳도록 뻔질나게 썼던 그 곰솥은 너무 무거워서
안타깝게도 한국으로 가지고 올 수 없었어.
그 솥은 프랑스 시골 마을의 행복했던 기억 속에
남겨져 아직도 은근하게 끓고 있는 것 같아.

Soul Food Drawing

후회를 가득 담은 한 그릇
보노동 수제비

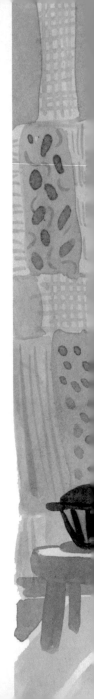

몇 년 전 몇몇 동네 친구들과 주말마다 기타 레슨을 빙자한 와인 파티를 했어. 기타는 후다닥 30분 정도 배우는 척하고 바로 요리를 내오고 와인을 마시면서 즐거운 시간을 보냈어. 그때 처음 만난 친구가 있지.

그녀는 항상 유쾌하고 사람들을 행복하게 만들었어.

생각이 깊어서 밤새 대화할 수 있는 친구였고

털털하면서도 우아하고 솔직하고 투명한 사람이었어.

허당 같은 면에 웃다가도 대단한 일을 아무렇지도 않게

해내는 모습이 자랑스러웠지. 우리는 거의 일 년을

그렇게 한량없는 시간을 함께 보냈어.

시간이 지나고 하나둘 이사를 가거나
서로 바빠서 자연스럽게 기타 레슨은
끝이 났지.
그녀도 자신의 나라로 돌아갔고
우리 모두 각자의 자리에서 바쁘게
자기 한몫을 하며 살아갔어.
그러다 그녀가 암에 걸렸다는
소식을 듣고 말았지.

처음엔 놀랐지만 그녀의 소식으로 우리는 다시 만났고
점점 그녀의 상황에 무뎌지기 시작했지.
"나도 죽을 만큼 힘들다." "원래 사는 건 모두 힘든 거지."
하면서 그저 자기 생존에 급급했어. 수술을 이겨 내고
상상도 못 할 힘든 시간을 보냈을 그녀는 건강해져서
가끔 우리를 찾아왔어. 만날 때마다 언제나 웃으며
긍정적이었기에 우리는 완치될 수 있다고 믿었던 것 같아.

몇 달 전 한국에 온 그녀는 수제비가 너무 먹고 싶다고 했어.

별로 중요한 일도 없으면서 마음만 바빴던 나는

간단하게 삼청동에 가서 수제비를 사 먹자고 했어.

그녀는 오랜만에 맛있게 음식을 먹었다며

이겨 낼 힘이 났다고 했지.

식사를 끝내고 나오는데 아무리 삼청동 수제비가 맛있어도
예전에 내가 해 준, 그 바지락과 감자를 넣은 보노동
수제비가 가장 맛있었다며 슬쩍 웃더라. 그제야 나는 아차!
했어. 다음에 오면 꼭 같이 수제비를 만들어 먹자고 했지.
그녀를 떠올리며 오늘은 수제비를 만들어.

Ingredients

중력분 밀가루 네 컵

바지락 300g

감자 한 개

올리브오일

다시마 다섯 장

애호박 한 개

청양고추 세 개

당근 1/4

표고버섯 두 개

마늘 네 쪽

양파 반 개

쯔유

대파 한 뿌리

소금   후추

① 먼저 밀가루 반죽을 해서 냉장고에 두 시간 정도 넣어 줘.
반죽은 김치칼조네 할 때와 똑같은 방법으로 하면 돼(136쪽 참조).
취향에 따라 쑥가루, 도토리가루, 메밀가루 등을 섞으면
다양한 식감과 맛을 느낄 수 있어.

② 냄비에 물을 1.5리터 넣고
다시마 다섯 조각을 넣어서
끓여 줘.

③ 물이 끓으면 해감 된 바지락을
넣어서 끓여 줘. 물이 든 봉지에
들어 있는 바지락은 이미 해감이
된 거니까 바로 사용해도 괜찮아.

④ 감자는 반으로 자르고
다시 또 반으로 잘라
1cm정도 두께로 썰어서
냄비에 넣어 주고

⑤ 나머지 야채들도 모두 채를 썰어 냄비에 넣어 주고

⑥ 간장 한 스푼,
간 마늘 한 스푼과
소금 한 스푼을 넣어
맛보면서 간을 맞추면 돼.

⑦ 마늘을 소량으로 다져야 할 때는
    작은 치즈그라인더를
    사용하면 신선하고 편리하지.

⑧ 5분 정도 야채들을 익힌 후 냉장고에
    2시간 정도 숙성시킨 밀가루 반죽을
    꺼내서 손으로 뚝뚝 눌러서
    떼어 넣어 줘. 마지막으로 송송 썬
    청양고추를 넣어서 5분 정도 밀가루가
    다 익을 때까지 끓이면 완성이야.

그리고 한 달 뒤, 우리는 더 이상 수제비를
같이 먹을 수 없게 되었어.
다음은 없었던 거야.
다음을 기약하는 일은
하지 말아야 했어.

그 시절 설렁설렁 배운 기타 곡 중에 지금도 유일하게 칠 수
있는 단 한 곡이 핑크플로이드의 〈Wish you were here〉이야.
연주할 수 있는 게 이 노래밖에 없어서 이제는 친구들이
모두 같이 따라 부를 수 있는 노래.

Wish you were here~

10

Soul Food Drawing

있는 힘껏 행복하려 노력하는 날

크리스마스 브감치

특별히 종교가 없는 나도 모두 행복하기를 기원하는 날이
크리스마스야. 서로를 생각하는 마음을 가지는 날이
하루쯤 있어도 좋잖아. 있어도 없어도 나눌 수 있고
한번이라도 더 주위를 둘러보며 따뜻한 마음을 가질 수 있는
특권이 있는 날이니까.

크리스마스가 모두에게 행복해야 한다는 강박이 있는 건
아니야. 동화처럼 한번 그렇게 만들어 볼 수 있는 날이라서
흥미로운 것 같아. 마치 새로운 동화책을 그리듯 내
마음대로 이야기를 만들면 그대로 그려지는 책처럼,
마술 같은 일을 꿈꿔 보는 거야. 딱 하루잖아.

이번 크리스마스 파티에 연극하는 친구를 초대했더니

프랑스에서 오신 유명한 할아버지 배우와 함께 온다고 했어.

외국인이 한국에 오면 애국심 같은 게 발동하잖아.

한국 음식이 얼마나 맛있는지 보여 주고 싶었지.

파티 전 엄마와 통화를 하면서 이야기를 했더니

살짝 걱정하시면서 무심한 듯 집에 들러

녹두빈대떡을 주고 가셨어.

"이것도 한국 대표 음식이니까 같이 대접해 봐." 하면서.

갈비찜, 새우전, 굴전, 해파리무침, 국수, 나물 등등 17첩
반상을 코스로 대접하며 연신 찬사를 들었어. 그중 열
번째쯤에 엄마의 녹두전을 슬쩍 넣었지. 식사가 끝나고
프랑스 할아버지가 하시는 말씀. "내 생애 단연코 가장
담백하면서 맛있는 최고의 음식이야" 하며 엄마의 녹두전을
번쩍 드셨어. 순간 나는 웃음이 팍 터졌네.
"그거 딱 하나만 엄마가 만든 거거든?"

의문의 1패란 바로 이런 거지.

패하긴 했는데 은근히 뿌듯하기도 하고

자랑스럽긴 한데 섭섭하기도 하고.

정말이지 엄마의 음식 한 개를

나의 열일곱 개 요리가 이길 수는 없는 건가?

17 대 1의 패배야. 하지만 나에게도

누구와 비교할 수 없는 비장의 무기가 있어.

Let's cook
크리스마스 브갑치

Ingredients

감자 중간 크기 여섯 개

브로콜리 두 개

슬라이스 치즈 다섯 장

양배추 슬라이스
200g

버터 100g

당근 반 개

마요네즈

파슬리 가루

설탕

소금   후추

① 먼저 냄비에 물을 넣고 소금을 한 스푼 넣은 다음 브로콜리를
가지마다 잘라서 살짝 데쳐 줘. 찬물에 씻어서 물을 빼고 식혀 두면 돼.

② 냄비에 다시 물을 끓이고 소금 한 스푼을 넣은 다음
껍질을 깐 감자를 20분 정도 삶아 줘.

③ 감자를 삶고 있는 동안 당근을 2mm정도로 얇게 썬 다음
별 모양 커터로 눌러서 별 당근을 20개 정도 만들어 놓고

④ 다 익은 감자를 꺼내 볼에 넣은 후 슬라이스 치즈 다섯 장, 버터 100g,
마요네즈 50g, 소금 한 스푼, 설탕 두 스푼, 파슬리 가루를 넣은 다음
감자 으깨는 도구로 꾹꾹 눌러서 매쉬드 포테이토를 만들어.
약간 팍팍하게 만들어야 모양을 내기가 편해.

조물조물~
토닥토닥~.

⑤ 으깬 감자를 커다란 접시에 덜어
원뿔처럼 산 모양으로 만들 거야.

ⓖ 감자 산이 완성되면 데쳐 둔 브로콜리를 빈틈없이 콕콕 박아 주면 돼.
다 박으면 크리스마스 트리 모양이 나오거든.

ⓗ 만들어 둔 별 모양 당근을 사이사이에 끼어 넣고
꼭대기에 별을 하나 꽂으면 돼.

⑧ 장식으로 접시 전체에 슬라이스한 양배추를 눈처럼 깔아 주고 중간중간
마요네즈를 눈덩이처럼 장식하면 특별한 크리스마스 요리가 완성되지.

특별한 요리는 말이야, 사람들이 보는 순간 와~~ 하는
그런 거 같아. 그림도 그래. 깊이 고민하지 않고 보는 순간
바로 와아~ 하고 입이 벌어지는 거 말이야.
아직 그런 그림은 만들지 못하지만 요리는 가끔 그런 기분을
느끼게 해주곤 해. 특별한 날의 특별한 요리.

나는 말이야, 오늘 조금이라도 더 행복해지려고 요리를 해.
때로는 가족을 위해, 때로는 친구들을 위해.
어쩌면 타인들을 위해서도. 그리고 가끔은 나 자신을
위해서 요리를 하지.

요리도 그림도

내가 살기 위해서 하는 건데

그 두 가지는 나를 조금 더 행복하게

만들어 주는 것이기도 해.

가끔 요리도 합니다

그림 그리는 보노의 나를 위한 요리

초판 1쇄 펴낸날 2020년 9월 29일

지은이	야나
펴낸이	조은희
책임편집	최현정
편집	한해숙, 신경아
디자인	최성수, 이이환
마케팅	박영준
온라인마케팅	정보영
영업관리	김효순
제작	정영조, 강명주
펴낸곳	주식회사 한솔수북
출판등록	제2013-000276호
주소	03996 서울시 마포구 월드컵로 96 영훈빌딩 5층
전화	편집 02-2001-5820 영업 02-2001-5828
팩스	02-2060-0108
전자우편	isoobook@eduhansol.co.kr
블로그	blog.naver.com/hsoobook
인스타그램	delere-book

ISBN 979-11-7028-694-3 03800

※ 무단 전재와 복제를 금합니다.
※ 이 도서의 국립중앙도서관 출판예정도서목록(CIP)은 서지정보유통지원시스템 홈페이지
  (http://seoji.nl.go.kr)와 국가자료종합목록 구축시스템(http://kolis-net.nl.go.kr)에서
  이용하실 수 있습니다. (CIP제어번호: CIP2020038658)
※ 딜레르는 ㈜한솔수북의 감성 공감 브랜드입니다.
※ 책값은 뒤표지에 있습니다.

딜레르

비우고 덜어냄을 통해 자신을 발견하고 새롭게 채워 가는 책을 만듭니다.
delere는 라틴어로 버리다, 줄이다, 없애다라는 의미를 담고 있습니다.

한솔수북 블로그

딜레르 인스타그램